SOIRÉE ET CONSÉQUENCES

Pascal NOWACKI

SOIRÉE ET CONSÉQUENCES

THÉÂTRE

Toute représentation de la pièce de théâtre,
faisant l'objet de la présente édition,
est soumise à la réglementation sur les droits d'auteur.

En conséquence, vous devez obligatoirement,
avant toute exploitation de ce texte,
obtenir l'accord de l'auteur ou de la SACD, qui gère ses droits.

© 2020, Pascal Nowacki

Édition : BoD – Books on Demand
12/14 rond-point des Champs-Élysées, 75008 Paris
Impression : BoD – Books on Demand, Norderstedt, Allemagne

ISBN : 9 782 322 211 883
Dépôt Légal : Avril 2020

Retrouver toute l'actualité de l'auteur sur
http://www.pascalnowacki.fr

Caractéristiques

Genre : Comédie.

Distribution : 4 personnages => 2 femmes et 2 hommes

Décor : Contemporain.

Costumes : Contemporains.

ACTE I

Salon d'un appartement au décor passe-partout. Un canapé sur lequel est assis Benoît, l'air hagard. Il se verse un verre d'alcool. Bien qu'il ne soit pas encore saoul, visiblement ce n'est pas le premier. On sonne. Benoît se lève et va ouvrir.

Daniel : *(Voix off)* Salut !

Benoît : Ha ! C'est toi, enfin ! Entre.

Daniel : *(En entrant)* J'ai fait aussi vite que j'ai pu. Je n'étais pas seul, si tu vois ce que je veux dire.

Benoît : Je vois très bien, hélas !

Daniel : Quoi, hélas ? Attends, j'ai le droit de faire ce que je veux, moi, je ne suis pas marié. Et pis, tu me connais, je suis un grand seigneur avec les dames. Je ne pouvais pas laisser Joyce, plantée au milieu de mon appart. Tout ça parce qu'un pote m'appelle au secours ! Un peu de tact, quand même !

Benoît : Joyce ?

Daniel : Un mannequin, un vrai ! Depuis le temps que je voulais tester ! Ben, on dira ce qu'on voudra ; c'est pas ce que je préfère.

Benoît : *(Montrant la bouteille qu'il tient à la main)* Tu veux boire quelque chose ?

Daniel : À 10 heures du mat' ? T'attaques sévère, toi !

Benoît : Un café ?

Daniel : Un thé, plutôt, t'as ça ? Earl Grey ! Qu'est-ce que j'disais ?

Benoît : *(Sortant vers la cuisine)* Joyce. Mannequin. Pas ce que tu préfères.

Daniel : Ah oui ! Non, vois-tu, c'est une jolie fille, ça c'est sûr, mais bon, ça reste sec, le mannequin, finalement ! Moi j'aime bien quand c'est un peu charnu ! Douillet…

Benoît : *(Revenant de la cuisine)* J'ai que de l'infusion, ça ira ?

Daniel : Hein ? C'est quoi ?

Benoît : Je ne sais pas, c'est Caro qui boit ça de temps en temps. *(Regardant la boîte)* Fruits rouges.

Daniel : Non, laisse tomber. Ah, les nanas avec leurs boissons bizarres ! Toutes pareilles !

Benoît : T'exagères. Et puis, Caro ne boit pas ça tous les jours, non plus.

Daniel : Toutes pareilles, j'te dis ! Devine ce que Joyce m'a demandé pour le petit-déjeuner ?

Benoît : Joyce ?

Daniel : Mon mannequin ! Dis donc, t'as du mal ce matin.

Benoît : Oui, j'ai un petit souci, en fait. Alors ? Qu'est-ce qu'elle t'a demandé, ton mannequin ?

Daniel : Une infusion aux fruits rouges, un verre de jus d'orange, un yaourt, et des céréales, heu… je ne sais même plus la marque. Ah oui, parce que faut pas n'importe quelle marque non plus ! Non mais t'avoueras ! Du blé c'est du blé, non ?

Benoît : Oui. Enfin, non. Je ne sais pas. Je m'en fous, en fait !

Daniel : Tu m'étonnes qu'elle soit si fine, après ça ! Elle ne bouffe rien ! Et pis en plus, c'est toujours la même chose ! Bonjour la monotonie des repas ! Petit-déj' : céréales. Midi : salade. Avec un poisson cuit à la vapeur, si c'est jour de fête. Et soir… heu, je ne sais même pas si ça mange le soir ! *(Mimant)* Ce soir, je ne mange pas, j'ai fait trop d'excès ce midi, rends-toi compte, j'ai pris quatre feuilles de laitue ! Quatre ! L'horreur !

Benoît : Finalement, je ne sais pas si c'est une bonne idée de t'avoir appelé.

Daniel : Allons, tu me connais ! Quand un copain a un problème, je réponds toujours présent ! Allez, raconte à tonton Danny. Non, attends, laisse-moi deviner ! C'est à cause de Caro ? C'est ça ?

Benoît : Qu'est-ce que ma femme vient faire là-dedans ? Elle est en Espagne pour son boulot !

Daniel : Justement ! T'as plus de slip propre à te mettre et tu ne sais pas faire fonctionner la machine à laver. Autant te le dire tout de suite. Je ne peux rien pour toi. Elle rentre quand Caro ?

Benoît : Mardi.

Daniel : Encore trois jours ! C'est pas la mer à boire. Tu seras dans la moyenne.

Benoît : La moyenne ? Quelle moyenne ?

Daniel : J'ai entendu ça l'autre jour à la radio. Le Français moyen change de slip tous les 4 jours !

Benoît : Écoute-moi bien Daniel. Tout d'abord, j'ai assez de slips pour tenir encore une bonne semaine et ensuite, je sais faire fonctionner la machine à laver ! Vu ?

Daniel : OK, OK. Vu !

Benoît : Et je me moque de savoir combien de fois tu changes de slip dans la semaine.

Daniel : Une fois !

Benoît : Daniel ! Je m'en contrefous ! *(Réalisant)* Une fois, t'as dit ?

Daniel : Je porte que des caleçons. Sauf quand j'ai musculation, le jeudi soir. Le caleçon, c'est pas pratique pour la musculation alors je mets un slip. Juste le jeudi. Pour le sport.

Benoît : Tu fais du sport ? Toi ?

Daniel : Et ouais ! T'as vu ce corps d'athlète ? Pas mal, hein ?

Benoît : De la musculation ?

Daniel : Bon, tu ne le répètes pas, hein ? Parce que je fais croire que je suis comme ça naturellement !

Benoît : Ah, ça ! Un ventre comme ça, c'est sûr, c'est naturel !

Daniel : Oui, hein ? Faut dire que je me suis concocté un entraînement spécial. En fait, je fais de la musculation light.

Benoît : Musculation light ? Qu'est-ce que c'est que ça ?

Daniel : Ben, ça ressemble à de la musculation, y a des exercices et tout et tout… mais…

Benoît : Ce n'est pas de la musculation.

Daniel : Si. Si c'est de la musculation, t'es con, toi. Mais de la musculation allégée. Beaucoup moins fatigante. C'est la charcuterie qui m'a donné l'idée. Tu sais maintenant on trouve du jambon, du pâté, du saucisson allégés. Alors je me suis dit : pourquoi pas de la musculation ?

Benoît : Pourquoi je t'ai appelé ?

Daniel : Ah, ben, si tu ne le sais pas, c'est pas moi qui vais te le dire. Mais t'as intérêt à ce que ce soit une bonne raison. Parce que Joyce c'est une vraie brindille. Sèche, peut-être, mais qui ne demande qu'à s'enflammer à la moindre étincelle. Et dans ces cas-là, moi, je me sens une âme de pyromane.

Benoît : Daniel ?

Daniel : Benoît ?

Benoît : Daniel !

Daniel : Benoît !

Benoît : Tu ne t'arrêtes jamais d'être con, toi, hein ?

Daniel : Eh ben je te remercie. Tu me téléphones en pleine nuit…

Benoît : Neuf heures du matin !

Daniel : C'est ce que je dis ! Tu me demandes de venir sous prétexte que tu es dans une merde noire. Moi, bonne poire, j'accours tout de suite en laissant tomber un superbe mannequin…

Benoît : Je croyais qu'elle était sèche.

Daniel : Oui, mais chaude. T'en connais beaucoup, toi, des mecs qui laisseraient tomber un mannequin à moitié dévêtu pour un copain ?

Benoît : Non, c'est vrai, t'as raison. Excuse-moi.

Daniel : Bon alors, c'est quoi le problème ? Parce que là, t'as l'air plutôt bien !

Benoît : Je crois que j'ai fait une connerie.

Daniel : Toi ? Non ? C'est pas possible ! Attends, laisse-moi deviner ! T'as oublié de t'essuyer les pieds sur le paillasson en entrant. Mais c'est pas grave, un coup de serpillière et le tour est joué. Promis, je ne dirai rien à Caroline.

Benoît : Tu vas me laisser finir, oui, au lieu de jouer tout le temps aux devinettes !

Daniel : Oui, vas-y.

Benoît : Merci !

Daniel : Je t'en prie. Fais comme chez toi.

Benoît : Hier soir, y avait Martine, la cheffe du personnel de ma boîte, qu'a organisé une soirée…

Daniel : Dis donc, t'aurais pu m'inviter. Martine, c'est mignon, ça, comme prénom, Martine.

Benoît : Je ne savais pas que tu te spécialisais dans la gérontologie, excuse-moi. Maintenant j'imagine mieux la tête de ton mannequin.

Daniel : Attends, j'ai du mal à suivre, de quoi tu parles, là ?

Benoît : Martine ?

Daniel : Oui.

Benoît : La soirée, c'était pour fêter son départ à la retraite !

Daniel : T'as bien fait de pas m'appeler ! Je comprends ton angoisse, maintenant. Une fête du troisième âge, ça ne doit pas swinguer des masses. Mon pauvre vieux, t'as dû te faire chier !

Benoît : Non c'était plutôt sympa. Pour ce que je m'en souviens.

Daniel : T'as bu ?

Benoît : Oui.

Daniel : Beaucoup ?

Benoît : Trop !

Daniel : Oh, ce n'est pas grave, ça ! On ne le dira pas à Caro, voilà tout ! Qu'est-ce que tu peux être empoté, j'te jure. Tu m'as fait peur, j'ai vraiment cru qu'il t'arrivait un truc grave.

Benoît : Il m'arrive un truc grave.

Daniel : Mais, non ! Je vais te préparer un café, histoire de te mettre les idées en place. *(Il va pour sortir côté cuisine).* Je ne vois vraiment pas ce qu'il y a de grave.

Entrée de Virginie qui vient de la chambre et qui traverse la pièce pour se rendre dans la salle de bain. Elle ne porte qu'une chemise, visiblement empruntée à Benoît.

Virginie : *(Elle embrasse Benoît, toujours assis sur le canapé, sur le crâne)* Bonjour chéri. Je vais prendre une douche. La salle de bain, c'est bien par là ?

Benoît : Oui.

Virginie : *(Avisant Daniel)* Bonjour. *(Elle sort)*

Daniel : Ah si, maintenant je vois. Eh ben dis donc !

Benoît : Je suis mal, là.

Daniel : C'est Caro qui ne va pas être contente !

Benoît : Vraiment mal !

Daniel : Mais qu'est-ce qui t'a pris ? Chez toi, en plus !

Benoît : Je n'en sais rien.

Daniel : T'en sais rien, t'en sais rien… Attends, laisse-moi deviner, c'est facile. Monsieur fout sa femme dans l'avion direction l'Espagne et décide de jouer les gigolos. Remarque, pour une retraitée, elle est plutôt bien foutue. Elle ne fait pas son âge ou vous prenez votre retraite très tôt dans votre boîte ?

Benoît : De quoi tu parles encore ?

Daniel : Martine !

Benoît : Quoi Martine ?

Daniel : *(Montrant la porte de la salle de bain)* Ben, Martine, ton invitée, quoi ! Faut que je te fasse un dessin ?

Benoît : Mais ce n'est pas Martine !

Daniel : C'est pas Martine ?

Benoît : Non.

Daniel : C'est qui alors ?

Benoît : Je n'en sais rien !

Daniel : Comment ça, t'en sais rien ?

Benoît : C'est la vérité, Daniel. Je n'en sais rien. Je ne sais pas qui c'est. Je me suis réveillé ce matin sur le canapé avec pour seul vêtement une gueule de bois pas possible. Alors je suis allé dans la chambre pour prendre mon peignoir et là, je l'ai trouvée nue, couchée dans mon lit. Mon Dieu c'est horrible !

Daniel : Ah bon ? Moi je trouve pas !

Benoît : Comment ça tu ne trouves pas ?

Daniel : Franchement, elle est plutôt bien foutue, très bien, même !

Benoît : Daniel ? Je t'ai appelé pour que tu m'aides.

Daniel : Justement ! T'as bien fait ! Avant tout, il s'agit de faire face à un problème psychologique.

Benoît : Qu'est-ce que tu racontes ?

Daniel : C'est évident ! Y a qu'à te regarder. T'es là, perdu, avachi sur ton canapé. On dirait une loque, une carpette... Une... Une merde, quoi !

Benoît : Tu remontes le moral, ça fait peur.

Daniel : Je sais de quoi je parle. Tu culpabilises !

Benoît : Évidemment que je culpabilise ! Mais qu'est-ce qui m'a pris ?

Daniel : Voilà où je veux en venir. Tu ne sais pas ce qui t'a pris. Tu ne sais pas pourquoi, mais tu l'as fait ! Et ce qui est fait, est fait ! On ne peut pas revenir dessus. Impossible ! Donc, autant te faire une raison ! Et quitte à se faire une raison, moi je dis, autant en trouver une bonne ! Et toi, t'en as trouvé une vraiment bonne !

Benoît : De quoi tu parles, exactement ?

Daniel : Elle, là, Martine !

Benoît : Mais, pour la dernière fois, ce n'est pas Martine !

Daniel : Tu sais comment elle s'appelle ?

Benoît : Non.

Daniel : Bon, eh ben, en attendant de lui demander son prénom, on va l'appeler, Martine.

Benoît : Martine ? T'es sûr ?

Daniel : Eh ben, maintenant que tu me le demandes, j'hésite avec Caroline. Qu'est-ce que t'en penses ?

Benoît : OK, OK, Martine, c'est très bien ! Et alors ? En quoi Martine est-elle une bonne raison à ce qui m'arrive ?

Daniel : Attends, ne fais pas l'innocent ! Tu as remarqué, quand même ?

Benoît : Remarqué quoi ?

Daniel : Elle est CA-NON ! Enfin, c'est pas un mannequin non plus, mais quand même ! Et moi je dis, c'est mieux de coucher avec une fille comme Martine qu'avec une vieille moche comme… Martine !

Benoît : Je ne te suis pas, là !

Daniel : Martine ! Enfin, l'autre Martine, celle qui est en gériatrie.

Benoît : Daniel ?

Daniel : Benoît ?

Benoît : Daniel !

Daniel : Benoît !

Benoît : Ça va sûrement te faire de la peine ce que je vais te dire mais psychologiquement parlant, tu ne vaux rien.

Daniel : Quoi ?

Benoît : Je suis dans une merde noire. Je t'appelle pour que tu viennes m'aider et toi tu joues ton Freud à 1 euro pour me trouver des excuses psychologiques dont je me contrefous comme de ma première couche !

Daniel : Oui ben c'est un début, je m'excuse. Et puis, si t'es pas content t'as qu'à te débrouiller tout seul ! Non mais ! *(Il tourne le dos à son ami)*

Benoît : Daniel ?

Daniel : Non !

Benoît : Tu boudes ?

Daniel : Oui !

Benoît : T'es pas possible comme mec, toi !

Entrée de Virginie.

Virginie : J'ai une faim de loup, moi. Cette douche m'a creusée. Y a quoi comme petit déj' de prévu ?

Benoît : Hein ? Heu… je ne sais pas. Qu'est-ce que vous, enfin, je veux dire qu'est-ce que tu veux ? Y a du café…

Daniel : Un jus d'orange, un yaourt, une infusion aux fruits rouges et des céréales, ça ira ?

Virginie : Waouh ! Comme à la maison, c'est super ! J'avoue que je n'aime pas trop changer mes habitudes le matin !

Daniel : Mais Benoît est un être exceptionnel. Il sait parfaitement recevoir. Il faut dire que je suis toujours là pour lui donner le bon conseil ! Bon, je vous laisse avec lui, je vais vous préparer tout ça. *(À Benoît)* Pour toi, un café noir ?

Benoît : Oui, très noir même.

Daniel : *(En sortant, côté cuisine)* Je suis très heureux de faire votre connaissance.

Virginie : Moi aussi… *(Elle vient s'asseoir sur le canapé à côté de Benoît)* C'est qui ?

Benoît : C'est Daniel. Mon meilleur ami.

Virginie : C'est dommage qu'il soit là. On aurait pu passer une matinée en amoureux. *(Elle s'approche de Benoît qui se recule un peu)* Je suis déçue !

Benoît : Hein ? Ah oui, moi aussi, moi aussi.

Virginie : Il va rester longtemps ? *(Même jeu)*

Benoît : Daniel ? Oh là, là, oui… Il…, il s'est fait larguer par sa copine. Et comme il ne sait pas où loger, ben je lui ai proposé de l'héberger en attendant ! Mon meilleur ami, tu penses, je ne pouvais pas faire autrement. Il va coucher là.

Virginie : Sur le canapé ?

Benoît : Oui, on le déplie et hop !

Virginie : Daniel ?

Benoît : Non, le canapé.

Virginie : Il n'y a pas d'autre solution ? Il n'a pas de famille où aller ?

Benoît : Sa famille ? Non, il n'en a pas, de famille. D'ailleurs, c'est comme ça que je l'appelle : Daniel sans famille. Enfin, si, il a une famille, bien sûr, mais elle est loin ! Du coup, c'est un peu comme si c'était moi, sa famille.

Virginie : Mais il n'a pas l'air si confortable que ça.

Benoît : Daniel ?

Virginie : Non, le canapé. Peut-être qu'il serait mieux à l'hôtel ?

Benoît : Le canapé ?

Virginie : Non, Daniel.

Benoît : Non, il a l'habitude, il sera bien.

Virginie : Tu comprends, ça ne m'arrange pas, ça !

Benoît : Et moi donc, et moi donc ! Hou là, là, pas du tout même. Si tu savais comme ça m'ennuie… Je suis ennuyé.

Daniel : *(Voix off)* Martine ? Vous prenez des sucrettes dans votre infusion ?

Benoît : Tu ne réponds pas ?

Virginie : C'est moi qu'il appelle Martine ?

Benoît : Oui.

Virginie : Pourquoi il m'appelle Martine ?

Daniel : *(Voix off)* Est-ce que vous prenez des sucrettes dans votre infusion, Martine ?

Benoît : Je lui ai dit que ce n'était pas une bonne idée !

Daniel : *(Voix off)* Laissez-moi deviner, Martine. C'est non ?

Virginie : Il ne serait pas un peu con par hasard ?

Benoît : Si, aussi. Mais ça n'a rien à voir avec le hasard. En fait, quand il ne connaît pas quelqu'un, il l'appelle toujours Martine.

Virginie : Toujours ?

Benoît : Toujours !

Virginie : Même si c'est un homme ?

Benoît : Ah non, quand même pas ! Pas à ce point ! Non, si c'est un homme il l'appelle… Martin !

Virginie : Ah oui, forcément !

Benoît : Forcément ! Y a quand même une logique !

Entrée de Daniel.

Daniel : Chaud devant !

Virginie : Voilà le room service.

Daniel : Vous avez eu le temps de faire connaissance ?

Virginie : Benoît et moi ?

Daniel : Oui. Mais non, suis-je bête ? Évidemment, vous vous connaissez déjà. D'ailleurs Benoît m'a souvent parlé de vous… heu… *(Il attend en vain que Virginie décline son prénom)* Enfin, il m'a souvent parlé de vous, quoi !

Virginie : Ah oui ?

Benoît : Oui, enfin, souvent, souvent… En passant, comme ça quoi…

Virginie : Je vois, oui.

Daniel : Oh, sacré Benoît ! Quel timide, quand même. C'est simple, il a toujours votre prénom à la bouche… heu… *(Même jeu)*. Enfin, il a toujours votre prénom à la bouche, quoi !

Virginie : Je suis flattée !

Daniel : C'est-y pas mignon, hein ?

Benoît : N'est-ce pas ?

Virginie : Oui, surtout quand on pense qu'hier on ne se connaissait pas.

Daniel : C'est ce que je dis ! Depuis hier il n'a qu'un prénom à la bouche… heu… (Même jeu). Enfin, il n'arrête pas, quoi !

Virginie : *(À Benoît)* Tu es adorable. *(Elle va pour l'embrasser mais Benoît esquive)* Et vous vous connaissez depuis longtemps ?

Daniel : Depuis le lycée. Ça fait, oh là…

Benoît : Au moins !

Daniel : On faisait partie d'un groupe.

Benoît : On s'en fout Daniel.

Virginie : Non ça m'intéresse. Vous faisiez de la musique ?

Daniel : Oui

Benoît : Oui enfin, appeler ça de la musique c'est peut-être un peu exagéré, Daniel, non ?

Virginie : C'était quel style ?

Daniel : On a tout essayé. On a même fait dans le Hip-hop. À l'époque, c'était pas encore très répandu. On a été des précurseurs en quelque sorte.

Benoît : Daniel, tais-toi !

Virginie : Du hip-hop ?

Daniel : Oui !

Benoît : *(En même temps)* Non !

Daniel : Ah, je m'en souviens comme si c'était hier !

Benoît : Je voudrais pouvoir l'oublier !

Daniel : Qu'est-ce qu'on s'est marré, quand même !

Benoît : La honte de ma vie !

Daniel : C'était bien !

Benoît : C'était merdique !

Daniel : On a fait quelques concerts.

Benoît : On s'est produit dans trois ou quatre bars pourris.

Daniel : On a eu pas mal de succès. Ça hurlait dans tous les sens.

Benoît : Tu m'étonnes ! Des mecs complètement bourrés qui n'attendaient que le strip-tease des nanas qui passaient après nous !

Daniel : Vous voulez qu'on vous montre ?

Virginie : Pourquoi pas !

Benoît : Je ne sais pas pourquoi, je la sentais venir celle-là.

Daniel : Allez Benoît, bouge-toi ! Vous allez voir ! On va tout casser !

Benoît : C'est le mot, tout casser, les pieds, les oreilles. Tout !

Virginie : Tu me montres ?

Benoît : Pas envie !

Virginie : *(Se faisant très câline)* Vas-y chéri. Pour moi…

Benoît : *(Se levant)* OK, OK, OK !

Daniel : Attention : Yo, Yo, Yo, Yo !

Daniel et Benoît chantent :

C'est bientôt les vacances
Même pour les fils de banlieue
On n'a pas d'fortune immense
Mais des rêves plein les yeux
On cherche pas la bagarre
Pour nous c'est la misère
L'été c'est un cauchemar
Y a vraiment rien à faire
Le béton y en a marre
Fini les plans galères
On voudrait être peinard
On voudrait voir la mer *(ou « le maire », au choix)*

Daniel : Alors ?

Virginie : C'est… Comment dire ?

Benoît : C'est la question. Comment dire ?

Daniel : Ça vous laisse sans voix, hein ?

Virginie : Exactement ! C'est exactement ça !

Daniel : Et vous avez remarqué le message ?

Virginie : Oh oui. Vous faisiez dans la chanson à texte.

Daniel : Comme quoi on peut faire de la bonne musique et être engagé dans le social.

Virginie : Heu… Oui C'est… C'est très profond !

Benoît : Elle se fout de toi, là !

Daniel : Mais non !

Benoît : Mais si !

Daniel : Mais vous savez, on n'a fait aussi dans le plus léger, le commercial en quelque sorte.

Virginie : Nooon, ce n'est pas vrai ?

Daniel : Mais si !

Virginie : Et ça donnait quoi ?

Benoît : Vous n'auriez pas dû.

Virginie : Oui, je ne sais pas ce qui m'a pris. Je regrette déjà.

Benoît : Vous pouvez.

Virginie : Il ne va pas oser, si ?

Benoît : Ah ben là vous l'avez branché, vous ne pourrez plus l'arrêter.

Daniel : Je vous la fais.

Benoît : Qu'est-ce que je disais.

Daniel : Ça s'appelait « Tic Tac Two » !

Benoît : Oh la vache, c'est du lourd, là !

Virginie : Je ne voudrais pas abuser.

Daniel : Mais vous n'abusez pas.

Benoît : Ah, c'est trop tard, je vous dis !

Virginie : Alors juste le refrain.

Benoît : Vous avez raison, c'est le meilleur !

Daniel : D'accord. Jute le refrain. C'est parti !

One step on right
One step on left
One step for me
And two step for you
Tic Tac Two
Tic Tac Two
Everybody in the world
Dance the Tic Tac Two
Tic Tac Two
I love
Tic Tac Two !

Daniel : C'est peut-être un peu court pour bien se rendre compte, non ?

Virginie : Non, non, non, pas du tout. C'est très bien. Ça suffit largement. On voit bien le genre.

Daniel : Alors ?

Virginie : *(À Benoît)* Il est toujours comme ça ?

Benoît : Je dois reconnaître qu'il est particulièrement en forme, là.

Virginie : Tu tiens un champion du monde.

Benoît : Je sais. Il a fallu que ça tombe sur moi.

Daniel : C'est moi qui ai trouvé les paroles. Qu'est-ce que vous en pensez ?

Virginie : Je ne sais pas comment dire…

Benoît : Oh, ne dîtes rien. Ce n'est pas la peine.

Daniel : C'était notre chanson de l'été.

Benoît : Le seul problème c'est qu'on n'a jamais trouvé de quel été il s'agissait.

Virginie : La journée va être longue.

Benoît : Oui. À ce propos, ce n'est pas tout ça, mais il faut voir comment on s'organise.

Daniel : Comment vous vous organisez ? Non, t'es sérieux, là ? Tous les deux ? Vous allez vous organiser ? Eh ben mon cochon !

Benoît : Non, ce n'est pas ce que j'ai voulu dire…

Virginie : Autant être franche avec vous…

Daniel : Daniel.

Virginie : Oui, je sais.

Daniel : Ah ? Eh bien, enchanté heu…

Virginie : Quand Benoît vous a…, il faut bien le dire, imposé, au début j'ai un peu tiqué.

Daniel : Imposé ? Carrément ?

Virginie : Oui, imposé.

Benoît : Oh, imposé, imposé ! Faut pas exagérer non plus…

Daniel : *(À Benoît)* Mais qu'est-ce qu'elle dit, là ?

Benoît : Je lui ai dit que…

Virginie : Et puis, qu'est-ce que vous voulez ? On ne peut rien lui refuser. *(Désignant le plateau repas)* Je peux débarrasser ?

Daniel : Heu, oui.

Benoît : Oui, oui.

Elle sort côté cuisine.

Daniel :
Qu'est-ce que tu as imposé exactement ?

Benoît : Rien du tout ! Je lui ai juste dit…

Daniel : Attends, laisse-moi deviner ! Pendant votre nuit de folie et pris dans le feu de l'action, tu lui as dit que tu allais l'épouser.

Benoît : Arrête de déconner, tu veux !

Daniel : Quoi ? Ça se tient ! Tu as été à une soirée. T'as trop bu. T'as ramené cette fille chez toi ! Vous avez fait ce que vous avez fait !

Benoît : Mais qu'est-ce qu'on a fait ?

Daniel : Il faut que je te fasse un dessin ? Des choses que, lorsqu'on est déjà marié, la morale réprouve mais que je t'envie. Et à mon avis, bourré comme tu devais l'être, t'as un peu oublié une certaine Caroline et t'as demandé à… Martine, là, de t'épouser.

Benoît : Tu dis n'importe quoi ! Je n'ai pas fait ça, tu m'entends ?

Daniel : Ah, j'ai bien peur que si.

Benoît : Oh non, ce n'est pas vrai, je n'ai pas pu faire ça !

Daniel : Et si !

Benoît : Dis-moi que ce n'est pas vrai.

Daniel : C'est vrai.

Benoît : Mais ce n'est pas possible !

Daniel : Ben, si.

Benoît : Pourquoi moi ?

Daniel : Tu sais, dans ces moments-là, on dit un peu n'importe quoi. Malheureusement, il arrive très souvent que les femmes nous prennent au premier degré. Combien de mariages sont dus à ces moments d'égarements post-coïtaux ? On ne nous le dit pas, ça ! Et comme l'homme est d'un naturel aimable eh ben il n'ose pas faire de peine et le v'là bagué avant d'avoir pu dire ouf !

Benoît : Mais ce n'est pas possible !

Daniel : Ben si !

Entrée de Virginie.

Virginie : Vous n'avez encore rien fait ?

Benoît : Faire quoi ? Qu'est-ce qu'on doit faire encore ?

Daniel : C'est-à-dire qu'on ne savait pas trop par où commencer, hein, Ben ?

Benoît : Ah ça ! On ne sait pas ! Pas du tout, même ! Disons que, personnellement, je trouve que j'en ai déjà fait beaucoup, non ?

Daniel : Oui ! Ah tiens, si tu commençais par aller nous chercher à boire ?

Benoît : Bonne idée !

Virginie : Oui, ça nous mettra dans l'ambiance !

Daniel : Oui ! *(À Benoît)* Dans l'ambiance ? Mais qu'est-ce qu'elle dit ?

Benoît : Je ne sais pas. Je ne sais plus !

Benoît sort.

Virginie : On fait ça ici ?

Daniel : De quoi ?

Virginie : Allez, ne faites pas l'innocent. Benoît m'a prévenue.

Daniel : Ah bon ?

Virginie : Oui, je crois que c'est le plus simple, non ?

Daniel : Le plus simple ?

Virginie : Oui.

Daniel : Le faire, ici, c'est plus simple ? Ben oui, forcément.

Virginie : Comme je vous le disais tout à l'heure, je vous avoue qu'au début, quand Benoît m'en a parlé, ça m'a un peu surprise.

Daniel : Je vous comprends. Moi-même...

Virginie : Je pensais qu'on serait que tous les deux… enfin, lui et moi, je veux dire…

Daniel : Ben oui, lui et vous.

Virginie : Je ne pensais pas qu'on allait passer la soirée à trois…

Daniel : À trois ?

Virginie : Avec vous. Mais comme ça a l'air de faire super plaisir à Benoît.

Daniel : C'est Benoît qui vous a dit que tous les trois… on allait… ?

Virginie : Oui. Il a tout de suite pensé à vous.

Daniel : Ah oui ? Sacré Benoît ! Ah ben si je m'attendais…

Virginie : Il ne vous en avait pas encore parlé ?

Daniel : Non.

Virginie : Vous avez l'air surpris. Pourtant il m'a dit que vous l'aviez déjà fait…

Daniel : Ah ? Ben, s'il vous l'a dit… Sacré Benoît !

Virginie : Je suis désolée. J'aurais peut-être dû le laisser vous en parler d'abord ?

Daniel : Non, non, non. Ça ne fait rien.

Virginie : C'est pour vous être agréable.

Daniel : Ah oui, oui, oui… C'est agréable.

Virginie : Je suis heureuse que vous le preniez comme ça ! Bon, on y va ?

Daniel : Hein ? Ah oui, bien sûr. Mais, on n'attend pas Benoît ?

Virginie : Ne vous inquiétez pas, je prends les choses en main.

Daniel : Ah oui...

Virginie : On va commencer sans lui, ça le fera arriver.

Daniel : Si vous le dites...

Virginie : Ah les hommes ! Tous les mêmes ! Ça parle beaucoup, mais quand il faut passer à l'acte, c'est autre chose... Ça joue les timides...

Daniel : *(Commençant à se déshabiller)* Non, non, rassurez-vous. On est un peu long au démarrage mais on va vite prendre notre vitesse de croisière...

Entrée de Benoît.

Benoît : Daniel, qu'est-ce que tu fais ?

Daniel : Ben je me déshabille... *(À Virginie)* Vous aviez raison, ça l'a fait arriver ! *(À Benoît)* Tu caches bien ton jeu, toi, sacré coquin !

Benoît : Qu'est-ce que tu racontes ?

Daniel : Qu'est-ce que t'attends ? Allez !

Benoît : Quoi ? Qu'est-ce que j'attends ?

Daniel : Mets-toi à l'aise, quoi ! Qu'on commence !

Benoît : Qu'on commence quoi ?

Daniel : Ben, heu... les trucs, là... les machins... comment on appelle ça, déjà ? Les préliminaires, voilà c'est ça... on commence par les préliminaires, non ?

Virginie : Vous appelez ça comme ça, vous ?

Daniel : Les préliminaires ? Ben oui ! Comment voulez-vous les appeler autrement ?

Virginie : Préparer le canapé !

Daniel : Préparer le canapé ?

Virginie : Ben oui. C'est moins drôle mais ça prête moins à confusion.

Benoît : Oui, justement, à propos de confusion…

Virginie : Oui chéri ?

Benoît : C'est confus !

Daniel : Mais non, c'est très clair. Ta copine nous propose de coucher ensemble sur le canapé.

Virginie : Non, mais ça ne va pas !

Daniel : Ah non ?

Virginie : Non !

Daniel : *(À Benoît)* Ah, ben non alors. Du coup, t'as raison, c'est confus.

Benoît : Daniel, remets ton pantalon, s'il te plaît !

Virginie : Je veux bien que tu l'héberges, mais il y a des limites, quand même.

Daniel : Tu m'héberges ?

Benoît : Oui ! J'ai expliqué à… Enfin, je lui ai expliqué pour toi.

Daniel : Tu lui as expliqué ?

Virginie : Vous auriez préféré que Benoît garde ça secret ?

Daniel : Je ne sais pas. C'est ce que je suis en train de me demander. *(À Benoît)* Mais qu'est-ce qu'elle dit ?

Benoît :
Je l'ai mise au courant pour toi et ta copine.

Daniel : Quelle copine ?

Benoît : Ton mannequin.

Virginie : Ah ? Elle est mannequin ?

Daniel : Qui ?

Benoît : Je lui ai expliqué que vous vous étiez disputés et qu'elle t'avait foutu à la porte. Et que c'est pour ça que tu es ici. Pour que je t'héberge… sur le canapé.

Daniel : Ah, bon ? C'est pour ça que tu m'héberges ?

Benoît : Oui.

Daniel : Ah, bon, alors ce n'était pas pour… que…

Benoît : Pour…

Daniel : Non, ça ne fait rien, laissez tomber. Tant pis ! *(À Virginie)* Oui, c'est vrai, Benoît a vu juste, je viens de vivre un moment très pénible.

Virginie : J'imagine.

Daniel : On était vraiment amoureux l'un de l'autre. Et puis, d'un coup : paf ! La porte ! Sans explication. Rien !

Benoît : Ça lui a fait un choc.

Daniel : Terrible ! Je mange plus, je bois plus, je n'ai plus goût à rien. Heureusement que mon ami Benoît est là pour m'héberger ! Sans lui, j'aurais fini sous un pont.

Virginie : Déjà que vous êtes sans pantalon !

Daniel : *(Il se jette dans les bras de Benoît)* Merci Ben. Merci.

Benoît : Je t'en prie, Danny, c'est tout naturel. Entre potes !

Virginie : Je vais vous aider à préparer le canapé.

Daniel : Le canapé ?

Benoît : Ben oui le canapé !

Daniel : Ah oui, le… canapé !

Virginie : Vous n'allez tout de même pas coucher avec nous, hein ?

Benoît : Non

Daniel : Ben, non. Heu… Je ne voudrais pas abuser.

Virginie : *(Avec humour)* On ne se connaît pas encore assez. Plus tard, peut-être… En attendant, on va vous préparer le canapé. Je ne vois plus que ça. Bon, je vais d'abord m'habiller.

Daniel : Vous gênez pas pour moi.

Virginie : Je vous l'ai dit, on se connaît pas encore assez… allez, j'y vais et je ramène des draps.

Virginie sort côté chambre.

Daniel : Waouh ! Génial !

Benoît : Qu'est-ce que tu racontes.

Daniel : T'as vu comment elle a proposé ça, la coquine ? Si ça ne finit pas en trio, ça, je ne m'appelle plus Daniel.

Benoît : Andouille ?

Daniel : Tu crois qu'on pourrait tenter de faire venir Joyce ?

Benoît : Ho hé ! Andouille !

Daniel : Quoi, andouille ? Qu'est-ce qu'il y a encore ?

Benoît : Comme tu vas devoir changer de prénom, je t'en propose un plus approprié.

Daniel : Attends, j'invente rien, là ! Quelle nana ! Ah ben, mon cochon ! T'as pas dû t'ennuyer cette nuit !

Benoît : Écoute, Daniel. Je ne veux plus entendre parler de ce qui a pu se passer cette nuit entre cette… Martine et moi. Compris ?

Daniel : Bon !

Benoît se lève et enfile son blouson.

Daniel : Où tu vas ?

Benoît : Je vais chez Martine, l'autre, la vraie.

Daniel : J'avais compris. Je ne suis pas idiot !

Benoît : Parfois, je me le demande. Peut-être qu'elle sait qui est cette femme. Après tout, c'est elle qui l'avait invitée, non ?

Daniel : Tu me laisses avec…

Benoît : Oui. Et remets ton pantalon, s'il te plaît !

Daniel : Bon. *(Il s'exécute)*

Benoît : Pas de gaffes, surtout.

Daniel : Compte sur moi ! Je lui dirai que t'es sorti acheter quelque chose pour ce midi.

Benoît : Surtout pas !

Daniel : Ah non ?

Benoît : Ça la conforterait dans l'idée qu'elle peut s'installer ici.

Daniel : Ah bon ? Alors, qu'est-ce que je dis ?

Benoît : Ben, je ne sais pas mais faut rester vague.

Daniel : Vague ?

Benoît : Ouais. T'as qu'à lui dire que je suis sorti… dehors !

Daniel : Sorti, dehors ?

Benoît : Dehors !

Daniel : Ça pour être vague… c'est vague. Tu ne crois pas qu'elle va penser que je me fous un peu…

Benoît : Mais non ! Si ça vient de toi, ça passera ! Allez, j'en ai pour une heure à tout casser. Bon, et puis si elle veut partir, surtout tu ne la retiens pas.

Benoît sort.
Entrée de Virginie.

Virginie : Dis chéri, où est-ce que tu ranges… Oh pardon, j'ai cru que c'était Benoît.

Daniel : Je vous en prie, y a pas de mal. Au contraire. Moi, ça me dérange pas. On peut même dire que je suis assez ouvert. Si vous voyez ce que je veux dire ?

Virginie : Pas vraiment.

Daniel : Toujours partant pour de nouvelles expériences.

Virginie : *(Perplexe)* Tant mieux. Où est Benoît ?

Daniel : Hein ? Il est sorti.

Virginie : Où ?

Daniel : Ben, heu… dehors !

Virginie : Il est sorti, dehors ?

Daniel : Ben, oui. C'est amusant, non ?

Virginie : Je ne sais pas si vous êtes ouvert mais pour ce qui est de ne pas être fini… Enfin ! Dites, vous ne sauriez pas où se trouve l'aspirateur, par hasard ? Je vais en profiter pour remettre de l'ordre et nettoyer la chambre. Elle en a bien besoin. La nuit a été mouvementée si vous voyez ce que je veux dire…

Daniel : Je vois, je vois… je vois bien, même !

Virginie : Je vous apporterai les draps après.

Daniel : D'accord ! Pour l'aspirateur, *(désignant un placard)* regardez là-dedans.

Virginie : Merci. Et vous allez rester là, planté comme ça, tout le temps que je vais faire le ménage ?

Daniel : Qu'est-ce que vous voulez que je fasse d'autre ?

Virginie : Si vous pensez que c'est en restant assis sur le canapé que ça va la faire revenir !

Daniel : Qui ça ?

Virginie : Votre amie. Le mannequin.

Daniel : Ah, oui ! *(Réalisant)* Ah, ben non…

Virginie : Ben non ! C'est sûr que ce n'est pas comme ça qu'elle risque de sonner à la porte. Vous feriez mieux de l'appeler.

Daniel : Vous croyez ?

Virginie : Oui. Une bonne explication, y a que ça de vrai.

Daniel : Vous êtes gentille de vous intéresser à moi.

Virginie : Je vous en prie.

Daniel : On pourrait peut-être se tutoyer.

Virginie : Si tu veux.

Daniel : Ben, puisque Benoît m'héberge pour quelques jours… je crois que c'est mieux. C'est plus sympa, plus convivial.

Virginie : D'accord. *(Lui tendant le téléphone)* Tiens ! Je te laisse. Je vais faire la chambre. Allez, courage. *(Elle va pour sortir).*

Daniel : Il en a de la chance Benoît de t'avoir rencontrée.

Virginie : Merci. *(Elle sort).*

Daniel : Elle m'excite. Je sais que c'est pas bien, mais elle m'excite !

NOIR

ACTE II

Même décor, un peu plus tard.
Daniel est assoupi sur le canapé.
Des coups retentissent à la porte d'entrée.

Daniel : Laisse-moi deviner : t'as perdu tes clefs ? J'arrive.

Il ouvre. Un temps. Puis referme.
Les coups redoublent.
Daniel prend une respiration puis ouvre à nouveau.

Daniel : Caroline !

Entrée de Caroline, les bras encombrés d'une valise et d'un sac.

Caroline : Daniel ? Qu'est-ce que tu fais là ?

Daniel : *(Appuyant sur le prénom)* Caroline ! Toi, ici ?

Caroline : J'habite ici, Daniel.

Daniel : *(Appuyant sur le prénom)* Caroline ! Chez toi ! Déjà !

Caroline : Tu vas bien Daniel ?

Daniel : Très bien, et toi comment vas-tu, *(appuyant sur le prénom)* Caroline ?

Caroline : Fatiguée ! Alors si tu pouvais me laisser entrer, chez moi, comme tu le fais si bien remarquer.

Daniel : Hein ? Ah oui, bien sûr, entre, entre. T'es chez toi, *(appuyant sur le prénom)* Caroline !

Caroline : Benoît n'est pas là ?

Daniel : Si, heu… non, non, il n'est pas là…

Caroline : Il est où ?

Daniel : Sorti ! Il est sorti !

Caroline : Daniel, je me doute bien que s'il n'est pas là, c'est qu'il est sorti.

Daniel : Oui, c'est ça, il est sorti !

Caroline : Où ?

Daniel : Dehors !

Caroline : D'accord ! T'es sûr que ça va, toi ? *(Elle va dans la cuisine)* Tu veux un verre ?

Daniel : Non merci, *(appuyant sur le prénom)* Caroline. J'ai pas soif.

Entrée de Virginie.

Virginie : Oui ? Qu'est-ce que tu veux ?

Daniel : Hein ? Mais je ne t'ai pas appelée.

Virginie : J'ai entendu que tu appelais Caroline !

Daniel : Ah, parce que tu t'appelles Caroline, toi ?

Virginie : Non, mais je ne m'appelle pas Martine non plus !

Daniel : Ben justement, tu ne crois pas qu'on irait plus vite si tu me disais comment tu t'appelles ?

Virginie : *(En sortant, mutine)* Tu n'as qu'à demander à Benoît !

Daniel : Elle m'agace ! Elle m'excite, mais elle m'agace !

Entrée de Caroline.

Caroline : Tu disais ?

Daniel : Moi ? Rien. Rien du tout !

Caroline : Ah bon, j'ai cru que tu me parlais.

Daniel : Moi ? Non, pas du tout. Qu'est-ce que j'aurais bien pu dire, hein ? Je te le demande ?

Caroline : Je ne sais pas, moi. Tiens, t'aurais pu me dire ce que tu fais chez moi, alors que mon mari n'y est pas, par exemple.

Daniel : Ah ben oui, je pourrais te le dire.

Caroline : Vas-y je t'écoute.

Daniel : Que je te le dise ?

Caroline : Oui.

Daniel : Là, maintenant ?

Caroline : Oui.

Daniel : Laisse-moi deviner...

Caroline : Deviner quoi ?

Daniel : Heu, j'voulais dire réfléchir. Laisse-moi réfléchir...

Caroline : T'as besoin de réfléchir ?

Daniel : Ah oui, ce n'est pas évident...

Caroline : Qu'est-ce qui n'est pas évident ? Arrête Daniel, tu me fais peur. Il est arrivé quelque chose à Benoît

Daniel : Ah oui, ça... Enfin, je veux dire non. Non ! Tu penses !

Qu'est-ce que tu veux qu'il lui arrive ? Hein ? Un gars si sérieux, si sympa, si fidèle, si…

Caroline : Oui, enfin c'est plus la peine de lui faire de la pub. Je l'ai déjà épousé.

Daniel : Eh oui ! Pour le meilleur et pour le pire comme on dit !

Caroline : Oui.

Daniel : On ne s'en souvient pas assez de cette phrase, pour le meilleur et pour le pire. Et pourtant, on devrait.

Caroline : Bon, puisque tu ne veux rien me dire, je vais aller défaire ma valise.

Daniel : Non !

Caroline : Pardon ?

Daniel : Tu veux défaire ta valise dans ta chambre ?

Caroline : Ben oui, pas dans la cave !

Daniel : Alors non !

Caroline : Comment ça, non ?

Daniel : Ça va pas être possible.

Caroline : Comment ça, ça va pas être possible ? Je suis quand même chez moi, non ?

Daniel : Oui.

Caroline : Bon alors ?

Daniel : Ben alors non, ça va pas être possible.

Caroline : Tu ne veux pas que j'aille dans ma chambre défaire ma valise ?

Daniel : Non. Il vaut mieux pas !

Caroline : Pourquoi ?

Daniel : Pourquoi ? Pourquoi ? T'es bien une femme, toi ! Toujours à poser des questions ! Est-ce que je t'ai demandé, moi, pourquoi tu es rentrée plus tôt que prévu, hein ? Non ! Et pourquoi non ? Parce que je te respecte et que j'ai confiance en toi. Tu arrives à l'improviste, sans prévenir, alors qu'on ne t'attend pas avant mardi. Et bien j'aurais été en droit de te demander ce que tu faisais là, mais non ! Je ne dis rien, je prends note et pis c'est tout. Alors si je te dis qu'il ne faut pas que tu ailles défaire ta valise dans ta chambre, j'aimerais que toi aussi tu me respectes et que tu me fasses confiance. Tu poses ta valise là, et on attend…

Caroline : On attend quoi ?

Daniel : Est-ce que je sais moi ?

Caroline : J'ai compris !

Daniel : Hein ?

Caroline : J'ai compris pourquoi Benoît n'est pas là. Pourquoi c'est toi qui m'as accueillie et pourquoi tu m'empêches d'aller dans ma chambre !

Daniel : T'as compris ?

Caroline : Y a une femme ici.

Daniel : Une femme ? Ici ? N'importe quoi ! À part toi…

Caroline : Inutile de nier, Daniel, j'ai tout compris, je te dis. Vous me dégoûtez tous les deux ! Franchement, je ne comprends pas ce qui est passé par la tête de Benoît pour accepter de te prêter notre appart !

Daniel : Hein ? Mais pas du tout...

Caroline : Faire ça ici, chez nous, dans notre lit, en plus !

Daniel : Mais non, je te jure, c'est pas ça...

Caroline : Y a pas de femme ici ?

Daniel : Si... heu non. Non !

Caroline : Arrête de nier, tu t'enfonces.

Daniel : Mais puisque je te dis...

Entrée de Virginie.

Virginie : Voilà des draps ! *(Apercevant Caroline)* Oh pardon, je dérange peut-être ?

Daniel : Oui !

Caroline : Mais pas du tout ! Au contraire, bonjour mademoiselle.

Daniel : Aïe, aïe, aïe !

Virginie : Bonjour. *(Elle va pour lui serrer la main mais elle est encombrée avec le paquet de draps)* Oups pardon !

Daniel : Ah, les draps sales ! Veuillez les mettre dans la corbeille qui est dans la salle de bain ! *(À Caroline)* La femme de ménage !

Caroline : Ne sois pas ridicule, Daniel ! *(À Virginie)* Attendez, donnez-moi ça, je vais m'en occuper.

Virginie : Merci, c'est gentil !

Caroline se saisit des draps et sort côté salle de bain.

Virginie : Très sympa ! Comment elle s'appelle ?

Daniel : Je ne sais pas…

Virginie : Arrête de dire n'importe quoi ! Vous vous êtes rabibochés ?

Daniel : Qui ça ?

Virginie : Ben toi et ton mannequin !

Daniel : Hein ? Ah mais non… Ce n'est pas…

Virginie : Mais pour être franche avec toi, je ne l'imaginais pas du tout comme ça.

Daniel : Ah bon ?

Virginie : Sans vouloir être désagréable, elle n'a rien d'extraordinaire.

Daniel : Ah oui mais non. C'est parce que c'est un mannequin de détail.

Virginie : De détail ?

Daniel : Oui, elle ne fait pas le mannequin dans sa totalité. C'est comme quand tu achètes du saucisson. Tu l'achètes soit en entier ou soit déjà tranché. Et dans ce cas, tu demandes à ta charcutière de t'en mettre 5 ou 10 tranches, n'est-ce pas ? Et ben elle, c'est pareil. Elle est mannequin en tranches.

Virginie : En tranches ?

Daniel : Oui !

Virginie : Et quelles tranches ?

Daniel : Hum ? Ah ! Heu… les seins. Elle a une poitrine superbe. Comme ça, pris dans la totalité ça ne se voit pas forcément mais moi qui les ai bien observés, bien plus qu'elle ne se l'imagine elle-même d'ailleurs, je peux te dire qu'elle a des seins magnifiques.

Virginie : Les seins ?

Daniel : Oui. Et puis aussi les fesses, le nombril, les pieds…

Caroline : *(De retour)* De quoi parlez-vous ?

Daniel : De charcuterie.

Virginie : De saucisson… à la coupe.

Daniel : C'est bon, ça, le saucisson à la coupe.

Caroline : Ah ? *(À Virginie)* Alors comme ça vous êtes sa nouvelle amie ?

Virginie : Heu… oui.

Daniel : Ça sent le pâté !

Caroline : Il est sympa.

Virginie : Très.

Daniel : Voilà, voilà, voilà !

Caroline : Tu ne nous présentes pas ?

Daniel : Non, vaut mieux pas !

Virginie : Quelle andouille ! Je me présente : Martine !

Daniel : Martine ? Je le savais, je le savais !

Caroline : T'as l'air de le découvrir ! *(À Virginie)* Moi c'est Caroline. La femme de…

Daniel : *(Saisissant Caroline par l'épaule)* De son mari ! Évidemment !

Caroline : Idiot !

Virginie : Sa femme ?

Caroline : Oui.

Daniel : Quand on vit ensemble on s'appelle comme ça, mari et femme. Ça arrive souvent. C'est plus pratique.

Virginie : Ah ! Oui, oui… Vous… vous formez un beau couple !

Caroline : Merci c'est gentil !

Virginie : C'est sincère.

Caroline : Vous aussi, vous formez un beau couple.

Virginie : Merci.

Daniel : Oui merci ! Ça fait toujours plaisir à entendre.

Virginie : Oui, n'est-ce pas ?

Daniel : Que de beaux couples ! *(Avec insistance à Virginie)* D'ailleurs tant de beauté, ça laisse sans voix ! N'est-ce pas, Martine ?

Virginie : Heu… oui !

Daniel : Bon, alors taisons-nous et parlons d'autre chose.

Virginie : Ça va être difficile.

Daniel : De ?

Virginie : Se taire et parler d'autre chose à la fois.

Caroline : Vous savez où est Benoît ?

Virginie : Benoît ? Il est sorti…

Caroline : Sorti ?

Virginie : Dehors.

Daniel : Dehors.

Caroline : Je vois ! *(À Daniel)* Tu l'as bien trouvée, celle-là !

Daniel : Et si je te disais que je ne l'ai même pas cherchée !

Caroline : Je suis désolée de débarquer comme ça, à l'improviste.

Virginie : Y a pas de mal, c'est tout à fait naturel !

Caroline : Ce n'était pas prévu… Je ne devais pas revenir tout de suite, en fait !

Virginie : Revenir ? Pourquoi ? Vous étiez partie ?

Caroline : Heu, oui… Au départ, c'était juste pour une semaine.

Virginie : Une parenthèse, quoi !

Caroline : On peut dire ça comme ça.

Virginie : *(À Daniel)* Eh bien, tu vois Daniel, il n'y avait pas de quoi s'alarmer. *(À Caroline)* Je suis heureuse que tout rentre dans l'ordre.

Caroline : *(À Daniel)* Tu t'inquiétais ?

Daniel : Apparemment !

Virginie : Il était complètement déboussolé. C'est pour ça que Benoît a proposé de l'héberger. Si vous saviez quel ange c'est, ce Benoît ! Il n'a pas hésité une seule seconde pour dépanner son ami.

Caroline : Oui, je vois ça ! Mais j'aurais aimé quand même qu'il m'en parle…

Virginie : Il ne savait pas que vous comptiez revenir si vite ! Sinon il aurait trouvé autre chose, j'en suis sûre.

Daniel : Ah oui, sympa ce Benoît !

Caroline : Tu as vraiment de la chance d'avoir un ami comme lui !

Virginie : Ça, c'est vrai !

Daniel : Oui, hein ? Surtout depuis ce matin… Je ne regrette pas !

Caroline : Bon, excusez-moi, je vais défaire mes valises.

Caroline se saisit de ses bagages et sort côté chambre.

Virginie : Qu'est-ce qu'elle va faire dans la chambre ?

Daniel : J'ai cru comprendre qu'elle allait défaire ses valises.

Virginie : Dans la chambre ?

Daniel : Ben oui ! C'est sa chambre. Alors elle va défaire ses valises dans sa chambre.

Virginie : Sa chambre ?

Daniel : Oui. Enfin, non, pas exactement. C'est-à-dire, quand on vient chez Benoît, il nous laisse la chambre et lui il dort sur le canapé. Alors forcément… avec l'habitude…

Virginie : Oui mais enfin… maintenant qu'elle est revenue, vous pouvez partir.

Daniel : J'aimerais bien !

Virginie : Qu'est-ce qui vous en empêche ?

Daniel : Je ne sais pas. Laisse-moi deviner. Heu… je viens de la retrouver, c'est ça ?

Virginie : Oui.

Daniel : Bien. Parce qu'elle était partie ?

Virginie : Oui.

Daniel : Parce qu'on s'était fâchés ?

Virginie : Oui, je suppose.

Daniel : Mais là, elle est revenue ?

Virginie : Oui.

Daniel : Et à priori, elle souhaite dormir ici ?

Virginie : Ça m'en a tout l'air.

Daniel : Et tu crois que je vais m'opposer à sa volonté alors que ça fait à peine dix minutes que je l'ai retrouvée ? Tu veux la fin de mon couple, c'est ça ?

Virginie : C'est-à-dire…

Daniel : Écoute, Martine, je te le demande comme à une amie de longue date. Ne brise pas mon couple.

Virginie : Mais je n'en avais pas l'intention, Daniel.

Daniel : Oh merci, Martine, Merci !

Daniel, faisant mine d'être sous le coup d'une vive émotion, entre rires et pleurs, enlace Virginie qui ne parvient pas à se dégager.

Virginie : C'est bon, c'est bon. Arrête de faire l'andouille. Va plutôt voir s'il n'y aurait pas du champagne au frais.

Daniel : Du champagne ?

Virginie : Vous êtes de nouveau ensemble, non ?

Daniel : Oui…

Virginie : Eh bien, ça se fête, ça !

Daniel : J'y vais.

Il sort. Entrée de Caroline qui s'est changée et regarde dans un miroir le résultat. Virginie s'approche, se place de profil près de Caroline et tente de comparer leurs fesses et leur poitrine respectives sans que cette dernière s'en aperçoive.

Caroline : Vous avez un problème ?

Virginie : Un problème ?

Caroline : *(Faisant mine de rattacher son soutien-gorge)* Un problème, oui…

Virginie : Ah ! Heu… non, non, non… merci…

Caroline : Je vous en prie.

Virginie : Vous avez une belle poitrine.

Caroline : Pardon ?

Virginie : Votre poitrine, Daniel m'a dit qu'elle était très jolie.

Caroline : Daniel vous a dit ça ?

Virginie : Oui. Il m'a dit qu'il l'avait souvent observée et que…

Caroline : Il a dit : souvent ?

Virginie : Oui. Il a même dit : « à un point qu'elle ne peut même pas imaginer ! »

Caroline : Ah oui ?

Virginie : Oui. Ah, c'est qu'il les aime, vos seins, je peux vous le dire. Ses yeux brillaient tellement, rien que d'en parler.

Caroline : Ah oui ?

Virginie : Vous faites quelque chose de particulier ?

Caroline : Pour ?

Virginie : Pour les entretenir. Je vous demande ça parce que c'est vous la spécialiste.

Caroline : La spécialiste ? Des seins ?

Virginie : C'est votre gagne-pain, en quelque sorte. Alors forcément vous devez connaître quelques trucs, non ?

Caroline : Mon gagne-pain ? Mes seins ? Qui vous a raconté ça ?

Virginie : C'est Daniel qui me l'a dit.

Caroline : Ah ben oui Daniel, j'aurais dû m'en douter ! Qu'est-ce qu'il est bavard, ce Daniel ! Alors oui… oui, bien sûr, en tant que spécialiste… heu… je connais quelques trucs pour entretenir les seins, bien sûr…

Virginie : Vous pourriez m'en dire un ? Oh je sais que ça ne se fait pas de dévoiler ses petits secrets, mais je serais si heureuse si vous pouviez…

Caroline : Bien sûr, bien sûr. Je vais vous donner LE secret.

Virginie : Oh merci, vous êtes gentille. Je vous écoute.

Caroline : Tous les matins, vous les prenez dans vos mains, un dans chaque main, et là, vous leur faites faire un mouvement giratoire.

Virginie : Giratoire ?

Caroline : Oui, mais attention, giratoire qui tourne ! Et il y a un sens. Tout le secret est dans le sens à respecter. Pour le sein droit c'est dans le sens inverse des aiguilles d'une montre et pour le sein gauche c'est dans le sens des aiguilles d'une montre. Essayez ! Ce n'est pas évident, hein ? Mais vous verrez, une fois qu'on a le coup de main, c'est très agréable.

Virginie : Heu… *(Elle essaye)* Comme ça ?

Caroline : Oui, attendez, je vous aide…

Virginie : Ce n'est pas facile… de tourner dans deux sens différents en même temps.

Caroline : Que voulez-vous, on a rien sans rien.

Virginie : Et je dois faire ça combien de temps ?

Caroline : 10 minutes tous les matins.

Entrée de Daniel.

Daniel : Waouh !

Caroline laisse Virginie faire seule le mouvement et s'approche de Daniel.

Caroline : Voilà, c'est bien comme ça.

Daniel : Ah oui, c'est bien ! *(À Caroline)* Je sais pas pourquoi elle fait ça mais ça m'excite !

Caroline : Je lui ai donné un cours de maintien de la poitrine puisqu'il paraît que je suis une spécialiste. Ah, à ce propos, *(elle le gifle)* ça c'est pour t'apprendre à regarder mes seins en cachette.

Daniel : Aïe, mais ça va pas…

Virginie : *(Cesse son mouvement)* Ah tu es là !

Daniel : Oui, oui, oui mais continue, je t'en prie, ne te gêne pas pour moi. Je peux même t'aider si tu veux…

Virginie : Non, merci.

Daniel : Moi, si je peux rendre service. Parce que ça avait l'air rudement fatigant ce mouvement. Les poignets doivent être énormément sollicités. Et moi, j'ai l'habitude, je fais du tennis…

Virginie : Ne te fatigue pas ! J'essayais juste. C'est à faire le matin au réveil.

Daniel : Demain matin, alors ?

Virginie : Caroline ?

Caroline : Oui ?

Virginie : Je peux vous parler ?

Caroline : Je vous écoute.

Daniel : On t'écoute.

Virginie : Je voudrais parler à Caroline en tête à tête, si ça ne te dérange pas !

Daniel : Ah non, ça, c'est pas une bonne idée. C'est pas une bonne idée du tout même. Ça va pas être possible. C'est une très mauvaise idée.

Caroline : De quoi voulez-vous me parler ?

Virginie : Eh bien, vous m'avez gentiment donné un de vos secrets de beauté alors… pour vous remercier, je voudrais à mon tour vous dire un secret.

Daniel : Un secret ? *(En faisant le geste de se caresser la poitrine)* Un secret… de beauté ? Ah ben oui, ça, vous pouvez, les filles. Au contraire, je vous en prie… Tenez, allez dans la chambre à côté, si vous voulez être tranquilles. Je vous attends là !

Les femmes sortent côté chambre. Après un court instant Daniel se précipite pour regarder par le trou de la serrure. Entrée de Benoît.

Benoît : Daniel ? Qu'est-ce que tu fais ?

Daniel : Ah, Benoît, enfin !

Benoît : Daniel, ça va ? Quoi de neuf ?

Daniel : Ta femme est rentrée.

Benoît : Caroline ?

Daniel : Caroline, oui. Pourquoi, t'en as une autre ?

Benoît : Mais qu'est-ce qu'elle fout là ?

Daniel : Le grain de sable.

Benoît : Quoi ?

Daniel : Tu sais, c'est comme dans les films. Tout va bien et il suffit d'un grain de sable pour que la machine s'enraye et déclenche catastrophe sur catastrophe. Eh ben Caroline, là, c'est le grain de sable.

Benoît : Parce que selon toi, avant son arrivée, tout allait bien ?

Daniel : Disons que par rapport à ce qui t'attend… Oui !

Benoît : Bon, et comment ça s'est passé avec Virginie ?

Daniel : Virginie ?

Benoît : Martine, elle s'appelle Virginie, en fait.

Daniel : Ça t'est revenu d'un coup ?

Benoît : Non, c'est Martine qui me l'a dit. Alors ? Comment ça s'est passé ?

Daniel : Étant donné la situation, je dirais : bien. Disons que j'ai pu éviter le pire… jusqu'à présent. Et Martine, elle t'a dit autre chose ?

Benoît : Juste que Virginie était arrivée le jour même chez elle. Elle débarque de sa province pour trouver du boulot. Sa sœur et Martine sont amies d'enfance.

Daniel : Et ?

Benoît : Et c'est tout. J'étais rond comme une queue de pelle alors Virginie a proposé à Martine de me raccompagner. Où sont-elles ?

Daniel : Dans la chambre.

Benoît : Ensemble, toutes les deux ?

Daniel : Non, non. Y a aussi un grand noir tout nu avec elles, mais je ne sais pas comment il s'appelle.

Benoît : Un grand noir…

Daniel : Tout nu. Alors je l'ai baptisé Martin pour respecter une certaine logique.

Benoît : Tu te fous de moi ?

Daniel : Oui.

Benoît : Andouille !

Daniel : Ça fait du bien de rire un peu.

Benoît : Parce que tu trouves ça drôle, toi ?

Daniel : Par rapport à la suite, oui.

Benoît : Quelle suite ?

Daniel : Oh, trois fois rien…

Benoît : Daniel !

Daniel : J'ai épousé ta femme.

Benoît : Caroline ?

Daniel : Ben oui, Caroline ! Dis donc, tu vas me poser la question à chaque fois ? Ta femme s'appelle Caroline. Il serait temps que tu t'en rappelles !

Benoît : Qu'est-ce que c'est que cette salade, encore ?

Daniel : Tu vas pas bien, toi ! C'est la vérité, ta femme s'appelle Caroline. Faut que tu arrêtes d'aller chez Martine toi. À chaque fois que tu reviens, c'est de pire en pire. Elle met quoi dans son punch ?

Benoît : Je ne te parle pas de ça, andouille ! Tu as épousé Caroline ?

Daniel : Oui. Enfin, non. C'est ce que j'ai fait croire à Martine, heu Virginie, quand Caroline est arrivée.

Benoît : Et Caroline a joué le jeu ?

Daniel : Oui. Enfin… c'est-à-dire… elle ne le sait pas.

Benoît : Elle ne sait pas quoi ?

Daniel : Qu'on est mariés. En fait elle croit que je vis avec Virginie.

Benoît : Je ne comprends rien.

Daniel : Oui, hein, c'est confus, ça aussi ? Depuis ce matin, je dirais même qu'on nage en pleine confusion.

Benoît : Et elles ne se doutent de rien ? Ni l'une ni l'autre ?

Daniel : Rien !

Benoît : Comment t'as fait ?

Daniel : Je ne sais pas !

Entrée de Virginie et Caroline.

Virginie : Benoît !

Caroline : Chéri !

Virginie : Quoi ?

Daniel : *(Enchaînant et se plaçant entre Benoît et Caroline pour les empêcher de s'embrasser)* Tu m'as manqué ! T'as vu, on t'a préparé un petit truc d'accueil à nous trois, façon canon. Ça l'a fait, hein ?

Benoît : *(Glacial)* Merci. Ça me fait chaud au cœur.

Caroline : Je suis revenue plus tôt que prévu.

Benoît : Je vois ça, je vois ça.

Caroline : T'as pas l'air heureux de me voir.

Benoît : Si, si. Hein, Daniel ?

Daniel : Oui, oui. Tu penses !

Caroline : Tu étais passé où ?

Benoît : Heu…

Daniel : Ben, dehors.

Benoît : Oui, c'est ça. Dehors.

Virginie : Je confirme. Dehors.

Caroline : Dehors ? Eh bien pendant que tu étais… dehors, j'en ai profité pour faire la connaissance de Martine.

Benoît : Virginie.

Virginie : Oui ?

Caroline : Quoi ?

Daniel : Et si on prenait un petit quelque chose, hein, pour fêter ça ?

Benoît : Bonne idée. Je vais chercher les verres.

Daniel : Virginie, heu Martine, enfin, vous là, allez l'aider.

Virginie : Avec plaisir.

Daniel : Et, tiens, des tranches de saucisson, ça serait bien, ça, hein, du saucisson. Bien fines, les tranches, sinon c'est pas bon.

Virginie : Du saucisson ?

Daniel : Oui.

Caroline : Et de l'andouille, non ?

Virginie et Benoît sortent côté cuisine.

Daniel : Ha, ha, que tu es drôle !

Caroline : Qu'est-ce que c'est que cette histoire ? Elle s'appelle Virginie ou Martine ?

Daniel : Virginie.

Caroline : Alors pourquoi elle m'a dit qu'elle s'appelait Martine ?

Daniel : C'est une malade.

Caroline : Quoi ?

Daniel : C'est la vérité, Caroline.

Caroline : Qu'est-ce que tu me chantes là. On a discuté ensemble. C'est vrai que parfois ça semble un peu surréaliste ce qu'elle raconte mais dans l'ensemble elle a l'air tout à fait normale.

Daniel : Oui, je sais. À ton avis, pourquoi je suis sorti avec, hein ? C'est parce que justement elle a l'air normale. Mais en fait, c'est une malade, une grande malade, j'te dis. Je voulais pas t'embarquer dans cette histoire, mais là, faut que je t'avoue tout.

Caroline : Je t'écoute.

Daniel : Avec Virginie ça a été le coup de foudre mais très vite j'ai vu qu'il y avait quelque chose qui n'allait pas. Un jour elle veut qu'on l'appelle Martine un autre jour ça sera, je ne sais pas moi, Joyce, par exemple.

Caroline : Joyce ?

Daniel : Joyce, oui. Elle se comporte bizarrement.

Caroline : Comme, par exemple ?

Daniel : Tu veux un exemple ? Ben, heu, je sais pas moi. Laisse-moi deviner. Tiens, l'autre fois, je sais pas ce qui lui a pris, elle s'est persuadée qu'elle vivait avec Benoît.

Caroline : Benoît ?

Daniel : Ton mari. Benoît, c'est ton mari. Dites, c'est une manie dans votre couple de ne pas savoir comment s'appelle le conjoint ?

Caroline : Je ne comprends rien, là. Attends, tu veux dire qu'elle ne sait plus qu'elle est avec toi et qu'elle est persuadée d'être mariée avec mon mari ?

Daniel : Heu… oui. C'est dingue, non ?

Caroline : Un peu, oui.

Daniel : Alors, tu vois, en fait avec Benoît, qu'a été super sympa sur ce coup-là, t'imagines même pas, eh ben, on a imaginé un scénario pour s'en débarrasser.

Caroline : S'en débarrasser ? Tu me fais peur Daniel.

Daniel : Non, mais pas la tuer, hein ! Non, faire en sorte qu'elle s'en aille, quoi, d'elle-même !

Caroline : Et, qu'est-ce que vous avez imaginé ?

Daniel : Qu'on était ensemble, tous les deux.

Caroline : Benoît et toi ?

Daniel : Mais non, toi et moi. Qu'on était mariés…

Caroline : Mariés ? Tu veux dire, tous… tous les deux ?

Daniel : Ben quoi ? C'est tout à fait crédible, non ?

Caroline : Mais pas du tout ! Ça ne va pas la tête ? Moi, mariée avec toi ?

Daniel : Ah ben je te remercie. Ça fait toujours plaisir. Je te signale que beaucoup aimeraient être à ta place ! Je suis un très bon parti, figure-toi ! Tu pourrais être surprise.

Caroline : Je ne tiens pas à être surprise, Daniel ! Et surtout pas par toi. D'ailleurs, je pense que tu en fais déjà assez comme ça. Qu'est-ce qui vous ait passé par la tête, à tous les deux ?

Daniel : Avec Benoît, on s'est dit que si j'étais marié elle me lâcherait peut-être les basques.

Caroline : Et alors ? Ça a marché ? Elle y a cru ? Comment ça s'est passé ?

Daniel : Mais j'en sais rien, moi. Je suis à court, là, j'ai plus d'idée ! Qu'est-ce que tu veux que je te dise ? C'est déjà assez compliqué comme ça. Alors si, en plus, tu n'arrêtes pas de poser des questions…

Caroline : T'es marrant, toi ! Je m'absente quelques jours pour mon boulot et à mon retour j'apprends que mon mari n'est pas mon mari ! Qu'en fait, je suis marié à son meilleur ami. Qu'en plus je suis cocue parce que mon mari, le nouveau, pas l'ancien, a une maîtresse. Mais qu'il fuit ses avances parce qu'il la trouve un peu trop envahissante. J'ai rien oublié ?

Daniel : Heu… tu peux répéter ça doucement, s'il te plaît ?

Caroline : T'avoueras que ce n'est pas banal comme situation.

Daniel : Pour tout te dire, je commence à être un peu dépassé. Ça part dans tous les sens et je ne sais plus où j'en suis.

Caroline : Moi non plus, Daniel ! Moi non plus !

Daniel : En plus, je crois que t'as raison.

Caroline : Ah quand même !

Daniel : J'ai l'impression qu'on oublie quelque chose.

Caroline : Comment ça, on oublie quelque chose ?

Daniel : Ben, j'en suis pas sûr.

Caroline : Tu n'es pas sûr ? Mais tu n'es pas sûr de quoi ?

Daniel : Je ne sais pas. C'est juste une impression, je te dis. Je peux me tromper. Faut me comprendre, ça fait quand même beaucoup d'informations nouvelles à digérer en peu de temps.

Caroline : Je ne te le fais pas dire.

Daniel : Voilà c'est ça, c'est une bonne idée ! Taisons-nous. Ça me fera un peu de repos.

Caroline : Daniel ?

Daniel : Caroline ?

Caroline : Daniel !

Daniel : Caroline !

Caroline : Tu m'épuises.

Daniel : Oh, et moi donc, si tu savais !

Caroline : Qu'est-ce qu'on va faire de toi ?

Daniel : Je ne sais pas. Mais c'est pas le plus urgent. Faut vraiment s'occuper de Martine d'abord.

Caroline : Virginie.

Daniel : Si tu veux, je m'en fous !

Caroline : Bon, résumons, on est donc mariés ?

Daniel : Oui.

Caroline : Et Benoît est d'accord ?

Daniel : Puisque je te dis qu'on a eu l'idée ensemble.

Caroline : C'est justement ce qui m'inquiète. J'ai l'impression que tu as une mauvaise influence sur lui parce que je ne suis pas sûre que ce soit une bonne idée.

Daniel : Ha oui mais en fait, c'est surtout Benoît qu'a eu l'idée, hein ? Moi je ne fais que le suivre. C'est Benoît le cerveau, pas moi.

Caroline : Inutile de le préciser, Daniel.

Daniel : Ah ben c'est gentil, merci. Allez rendre service après ça.

Caroline : Dis donc, c'est plutôt Benoît et moi qui te rendons service dans l'histoire.

Daniel : Hein ? Ah ben oui... C'est vous qui...

Caroline : Oui.

Daniel : Évidemment...

Caroline : Évidemment.

Daniel : Puisque c'est moi qui...

Caroline : Oui.

Daniel : Qu'est-ce que j'en ai de la chance !

Caroline : Merci de le reconnaître.

Daniel : Mais, attends, attends, ça veut dire que tu acceptes ?

Caroline : Bien obligée.

Entrée de Virginie et Benoît.

Virginie : Coucou les amoureux.

Benoît : Les amoureux ?

Caroline : Oh, arrête, tu nous gênes. Hein, Daniel ?

Daniel : Ho, oui, tu nous gênes. Tu nous gênes beaucoup même, hein Benoît ?

Benoît : Ah ça pour être gênés, qu'est-ce qu'on est gênés !

Daniel : Voilà, c'est exactement ça. On est gênés !

Virginie : Mais non, il ne faut pas vous gêner pour nous, au contraire. C'est tellement beau des gens qui s'aiment. Allez, un bisou, un bisou, un bisou.

Benoît : Un bisou ?

Caroline : Oh oui, un bisou !

Daniel : Bon, ben, s'il le faut…

Caroline et Daniel s'embrassent.

Virginie : Bravo !

Benoît : Mais qu'est-ce qu'ils font là ?

Virginie : Ils s'embrassent.

Benoît : Mais je le vois bien qu'ils s'embrassent. Mais je ne suis pas d'accord, moi ! Stop !

Caroline et Daniel cessent leur baiser.

Virginie : Mais qu'est-ce qui te prend Benoît ?

Benoît : Alors, toi mon salaud…

Daniel : Attends, je vais t'expliquer.

Benoît : Ah oui ? Fais vite parce que j'ai les poings qui me démangent.

Caroline : J'ai quand même le droit d'embrasser mon mari, non ?

Benoît : Ton mari ? Daniel, ton mari ?

Daniel : Oui, moi, Daniel, son mari…

Benoît : Ah oui, son mari… Bien sûr…

Daniel : Bien sûr.

Caroline : Bien sûr.

Virginie : Bien sûr.

Benoît : J'avais oublié.

Daniel : C'est ballot.

Virginie : Pauvre Chéri. Il est si fatigué.

Caroline : Chéri ?

Benoît : Oui ?

Daniel : C'est ça !

Caroline : Quoi ?

Daniel : Ça me revient.

Caroline : Qu'est-ce qui te revient ?

Daniel : Ce que j'ai oublié de dire à Caroline tout à l'heure.

Caroline : Qu'est-ce que tu voulais me dire ?

Benoît : Oui. Qu'est-ce que tu voulais lui dire ?

Daniel : Ben, pour toi et… Non, rien. Rien du tout. Je me suis trompé.

Caroline : Allez, sois pas timide.

Daniel : Non, non, non, ça n'a pas d'importance.

Caroline : Daniel, t'as commencé, tu finis.

Daniel : Bon alors, heu… attend ! *(À Benoît et Virginie, en saisissant Caroline par le bras pour s'écarter)* Vous permettez ? Un petit secret à partager en amoureux !

Virginie : Oui, bien sûr. Je vous en pris ! On va dans la chambre. Vous nous appellerez quand vous aurez fini, d'accord ?

Daniel : D'accord, merci.

Benoît : Non. *(À Daniel en aparté)* Ne me laisse pas avec elle !

Daniel : *(Le poussant vers la chambre)* J'en ai pour une minute. *(À Virginie)* Merci…

Caroline : Qu'est-ce que tu veux me dire ?

Daniel : Oh trois fois rien ! Tu vas voir, c'est pas très important mais vaut mieux que tu le saches quand même pour ne pas faire de gaffes !

Caroline : Eh bien vas-y, je t'écoute.

Daniel : Benoît et Martine sont ensemble.

Caroline : Quoi ?

Daniel : Martine croit qu'elle vit avec Benoît.

Caroline : Virginie, tu veux dire ?

Daniel : Oui, elle aussi. Tous les trois ! Ils vivent ensemble. Enfin, c'est ce que Martine et Virginie croient ! Et Benoît n'a pas voulu les contrarier, ni l'une ni l'autre… pour ne pas contrarier nos plans.

Virginie : *(Apparaissant dans le chambranle de la porte)* Tout va bien ?

Caroline : Ce n'est pas le terme exact !

Daniel : Mais si, mais si. Elle blague ! Voilà, tu vas bien ! Tout va bien ! On a presque fini.

Virginie sort.

Caroline : Daniel ?

Daniel : Caroline ?

Caroline : Daniel !

Daniel : Caroline !

Caroline : J'hésite !

Daniel : À propos de quoi ?

Caroline : Je vais vous tuer ! Tous les deux ! Mais je ne sais pas par lequel commencer.

Daniel : Allons, Caro, s'il te plaît, aide-nous ! C'est une folle, je t'ai dit !

Caroline : C'est une folle ?

Daniel : Complètement.

Caroline : C'est vrai qu'en y réfléchissant bien, et étant donné que c'est elle, la folle, vous avez agi de façon plutôt censée.

Daniel : Heureux que tu le reconnaisses. En fait, Benoît a un peu paniqué au début, mais je l'ai très vite rassuré. Je suis comme ça moi.

Caroline : D'accord je vais vous aider. Mais à ma manière.

Daniel : Qu'est-ce que tu veux dire ?

Caroline : Tu verras bien.

Daniel : Bon. T'es sûre ?

Caroline : Tout va bien se passer. Fais-moi confiance. *(À la cantonade)* C'est bon, on a terminé.

Entrée rapide de Benoît suivi de Virginie.

Benoît : Me refais plus ce coup-là, toi !

Virginie : C'est bon, c'est réglé ?

Caroline : Oui, merci. J'aime bien que les choses soient claires.

Daniel : Pareil !

Virginie : Oui, c'est toujours mieux que de laisser la situation s'envenimer.

Daniel : Moi, c'est ce que je dis toujours. Il faut toujours tout se dire !

Benoît : Et c'est un spécialiste en la matière qui le dit !

Daniel : Heureux que tu le reconnaisses !

Virginie : Eh bien, je vais suivre les conseils de notre spécialiste, et je vais vous avouer quelque chose Caroline…

Benoît : Non !

Daniel : Non !

Caroline : Comment ça non ?

Daniel : Ben… Non, comme non ! Le contraire de oui ! Hein, Benoît ?

Benoît : Oui. C'est non.

Caroline : Alors, c'est oui ou c'est non ?

Benoît : C'est non !

Daniel : Oui !

Virginie : Bien sûr !

Benoît : Exactement !

Daniel : Voilà !

Benoît : Voilà, voilà !

Daniel : Comme ça, c'est dit.

Benoît : Je ne te le fais pas dire.

Virginie : *(À Caroline)* Vous comprenez quelque chose, vous ?

Caroline : J'ai du mal.

Daniel : Nous aussi. Hein Benoît ?

Benoît : Je passe.

Virginie : Qu'est-ce qui vous arrive ?

Daniel : Rien !

Benoît : Tout va bien.

Virginie : Bon alors si tout va bien…

Caroline : Vous vouliez me dire quelque chose Virginie ?

Virginie : Ha oui ! Mais je ne voudrais pas que vous le preniez mal.

Daniel : Il y a des chances, quand même !

Benoît : Je suis mort.

Virginie : Daniel pensait qu'on allait dormir ensemble… dans le même lit, quoi ! Tous les trois !

Caroline : Tous les trois ? Ah oui ?

Daniel : Oui, non mais non ! Oh là, là ! Si vous sortez tout du contexte aussi !!!

Virginie : Ne lui en tenez pas rigueur. Je m'en voudrais ! Il m'a dit que c'était une plaisanterie.

Daniel : J'suis comme ça, moi !

Benoît : Un vrai boute-en-train !

Virginie : C'était de l'humour ?

Daniel : Voilà ! C'était de l'humour.

Caroline : Daniel ?

Daniel : Caroline ?

Caroline : Daniel !

Daniel : Caroline !

Caroline : L'humour c'est drôle que si c'est marrant.

Daniel : Hein ?

Caroline : Je te laisse réfléchir là-dessus. (À Benoît) Et toi, tu peux y réfléchir aussi ça ne te fera pas de mal.

Benoît : Moi ? Mais qu'est-ce que j'ai encore fait, moi ?

Caroline : Mais puisque vous voulez vous amuser et bien je suis d'accord. Autant en profiter ! *(À Virginie)* Vous savez, Virginie, je connais bien mon mari et je peux bien vous le dire. Ce n'était pas de l'humour !

Virginie : Ah non ?

Caroline : Puisque nous sommes dans les confidences, je dois vous avouer que ça fait longtemps que lui et moi souhaitons avoir une relation avec un autre couple, histoire de pimenter notre sexualité.

Benoît : Comment ça, pimenter notre sexualité ? Qu'est-ce qu'elle a notre sexualité ?

Daniel : Ah bon, ça va pas ?

Benoît : Mais si, mais si. Tout va bien.

Virginie : En quoi ça te regarde ? Ce n'est pas toi, son mari, à ce que je sache ?

Benoît : Hein ? Ah, heu… non, évidemment… mais je vous vois venir et moi…

Daniel : *(Tout sourire)* Ah ouais, ouais, on vous voit venir !

Caroline : Il faut bien le dire ce n'est plus vraiment ce que c'était !

Daniel : Ah bon ?

Benoît : Qu'est-ce que tu racontes ?

Daniel : T'aurais pu m'en parler.

Benoît : Reste en dehors de tout ça, toi, tu veux ?

Caroline : La routine s'est installée, comme on dit.

Benoît : La routine ? Quelle routine ?

Virginie : Je comprends.

Benoît : Pas moi !

Caroline : Si je vous disais que nous en sommes arrivés à un point où en 5 minutes il a terminé son affaire.

Daniel : Non ?

Benoît : Mais non, mais non !

Caroline : Et encore quand je dis 5 minutes c'est douche comprise !

Daniel : Ah ouais, quand même !

Benoît : Mais ça va pas la tête ? Qu'est-ce qui te prends de raconter des conneries pareilles !

Virginie : Calme-toi, Benoît ! Ce n'est pas grave. On est entre nous.

Benoît : Non, je ne me calmerais pas !

Daniel : Martine a raison…

Virginie : Virginie.

Daniel : Hein ?

Caroline : Virginie a raison.

Daniel : Oui, elle aussi. Tu vois, tout le monde a raison. Ce n'est pas grave. Inutile de t'emporter comme ça. De toute façon ce n'est pas toi son mari, c'est moi ! Alors, qu'est-ce que ça peut te faire ?

Benoît : C'est toi son mari ?

Daniel : Ben oui.

Benoît : Mais espèce d'andouille, réfléchis un peu pour une fois ! Ma femme, enfin, je veux dire, ta femme est en train de te faire passer pour un éjaculateur précoce. Et moi aussi par la même occasion. Alors qu'en ce qui me concerne, c'est absolument faux ?

Daniel : C'est faux, t'es sûr ?

Benoît : Complètement faux !

Daniel : Ah ben oui alors, c'est embêtant ça.

Benoît : Et tu ne dis rien ?

Daniel : Ah mais oui ! C'est vrai ! Dis donc Caroline, tu racontes n'importe quoi, là... Benoît et moi, on n'est pas du tout des machins précoces ! On n'a jamais été précoce, pour rien ! Et c'est pas aujourd'hui que ça va commencer.

Caroline : Bon, d'accord, j'ai peut-être exagérée un peu. Disons 10 minutes et pas 5.

Daniel : Je préfère ! *(À Benoît)* Tu vois ? Affaire réglée ! J'ai gagné 5 minutes !

Benoît : Je renonce !

Caroline : Enfin, pour en revenir à notre discussion, un peu de piment ne nous ferait pas de mal.

Virginie : C'est vrai Daniel ce que vient de dire votre femme ? Vous seriez d'accord pour...

Daniel : Pour pimenter ? Ah ouais, ouais, ouais, vachement même. J'adore le piment, moi.

Benoît : Je vais le tuer !

Virginie : Je dois vous avouer que je n'ai jamais essayé. Même si c'est vrai que l'idée m'a déjà traversé l'esprit. Mais si l'occasion se présente...

Daniel : Elle se présente, elle se présente. Elle est là !

Caroline : C'est une nouvelle expérience qui me tente aussi.

Daniel : Ah oui ? Eh ben alors ! *(Il commence à se déshabiller)*.

Benoît : Mais non, je ne suis pas d'accord ! Daniel, qu'est-ce que tu fais ?

Daniel : T'inquiètes pas, je gère, je gère…

Benoît : T'es sûr de toi, là ?

Daniel : Mais oui, j'ai ma petite idée !

Benoît : On fait quoi alors ?

Daniel : Ben, je propose qu'on commence doucement par du mélangisme, histoire de ne pas brusquer ces dames. Et puis si le feeling est là on passera à l'échangisme. Qu'en dites-vous, mesdames ?

Caroline : Waouh ! On a un pro du libertinage avec nous, là. C'est très tentant tout ça…

Virginie : Mais c'est quoi la différence entre les deux ?

Daniel : C'est très simple…

Caroline : Qu'importe ! Laissez-nous portez par nos envies et par le plaisir !

Daniel : Oh ouais, comme c'est bien dit ! *(À Benoît)* Elle est trop cool ta femme… la mienne… la nôtre ! *(Aux femmes)* Je vous en prie, mettez-vous à l'aise. *(À Benoît, en désignant les deux femmes qui commencent à se dévêtir également)* Tu vois ? Pas d'inquiétude, je te dis ! Je gère !

Benoît : Tu gères que dalle, oui ! Qu'est-ce que tu fais bordel ?

Daniel : Ben, je me déshabille !

Benoît : C'est un cauchemar, je vais me réveiller !

Daniel : *(Désignant les deux femmes qui commencent à se dévêtir également)* Un cauchemar comme ça, je veux bien en faire tous les jours, moi. Allez, fais pas ton rabat-joie !

Virginie : *(À Benoît)* Tu veux que je t'aide chéri ?

Benoît : Vous, ne m'approchez pas !

Virginie : Qu'est-ce qui te prend ?

Daniel : Allez, on va bien s'amuser, tu vas voir !

Caroline : Ça ne va pas, Benoît ?

Benoît : Non, ça ne va pas ! Ça ne va pas du tout même !

Caroline : Daniel, chéri ?

Daniel : Oui, Mamour ?

Benoît : Il l'appelle Mamour, maintenant !

Caroline : Va nous attendre dans la chambre. Le temps pour Virginie et moi de ramener Benoît à de meilleures dispositions et nous te rejoignons.

Virginie : Et crois-moi, ça va pas être long, je suis bouillante !

Daniel : Waouh ! J'y vais, j'y vais. Je vais faire chauffer les draps !

Daniel sort côté chambre.
Les deux femmes se tournent vers Benoît.

Benoît : Caroline, je t'en supplie. *(À Virginie)* Et vous, la nymphomane, ne me touchez pas !

Caroline : Assieds-toi !

Benoît : Comment ?

Les femmes remettent les vêtements.

Caroline : Virginie m'a tout raconté.

Benoît : Elle t'a tout… Mais ça va pas, vous ? De quoi je me mêle ?

Virginie : Votre femme vous a demandé de vous asseoir.

Benoît : Ma femme… Mais alors vous savez que Caroline…

Virginie : Oui.

Benoît : Merde !

Caroline : Je ne sais pas si je dois être déçue ou heureuse.

Benoît : Ah bon ?

Caroline : Déçue que tu ne m'aies rien dit, que tu te sois lancé dans cette succession de mensonges plus débiles les uns que les autres avec la complicité de l'autre andouille.

Daniel : *(En off)* Alors ? Ça vient ?

Benoît : Je vais tout t'expliquer, Caroline. Je ne me souviens de rien, je te jure ! Je t'aime, je n'aime que toi. Je ne sais pas ce qui m'a pris. J'étais soûl, je ne sais plus ce que j'ai fait. Je sais, ça n'excuse pas tout. Mais c'est la vérité. Je t'aime, Caroline. Et je suis désolé, Virginie, si je vous ai promis quelque chose, mais j'aime ma femme. Je ne voulais pas vous faire du mal, je regrette.

Virginie : Qu'il est touchant !

Caroline : Oui, naïf mais touchant ! C'est pour cela que je l'aime.

Benoît : C'est vrai ? Tu m'aimes toujours ? Tu ne m'en veux pas ?

Caroline : T'en vouloir ? Mais de quoi ?

Benoît : Ben… pour…

Virginie : Allons, rassurez-vous. Il ne s'est rien passé entre nous.

Benoît : Quoi ?

Daniel : *(En off)* C'est pour aujourd'hui ou pour demain ?

Virginie : C'est la vérité. J'ai débarqué hier chez Martine, une amie de ma sœur. Mais elle m'a dit qu'elle ne pouvait pas m'héberger. Du coup, il fallait que je trouve quelque chose. Et puis je vous ai vu. Je vous ai trouvé sympa. J'ai demandé à Martine qui vous étiez. Quand elle m'a dit que vous étiez marié et que Caroline était absente pour quelques jours, je me suis dit que j'avais une bonne occasion de dormir gratis une nuit ou deux, le temps de trouver quelque chose…

Benoît : Alors vous avez inventé toute cette histoire ?

Virginie : Oui. Je m'excuse si ça vous a créé un petit désagrément.

Benoît : Parce que vous appelez ça un petit désagrément, vous ?

Daniel : *(En off)* Alors ? Je commence à avoir froid, moi !

Benoît : *(À Caroline)* Et toi, tu savais tout et t'as joué le jeu ?

Caroline : Oui. Pour que ça te serve de leçon.

Benoît : C'est réussi ! Je te jure que je n'irai plus jamais à une soirée sans toi !

Caroline : Je t'aime !

Benoît et Caroline s'embrassent tendrement d'abord puis de plus en plus passionnément. Après quelques secondes, Virginie, quelque peu gênée, se rappelle à leurs présences en toussant légèrement.

Benoît : Pardon.

Caroline : Désolée.

Virginie : Non, il n'y a pas de souci. Je suis heureuse que ça se termine bien pour vous. Bon, ben, je vais vous laisser parce qu'il faut que je trouve rapidement un appart et je ne sais vraiment pas…

Caroline : Allons, vous pouvez dormir ici, si vous voulez.

Virginie : C'est vrai ?

Caroline : Mais attention, sur le canapé, en tout bien tout honneur et pour quelques jours seulement !

Virginie : Je ne voudrais pas abuser.

Benoît : Puisqu'on vous le propose !

Virginie : Alors j'accepte. Vous êtes vraiment super tous les deux !

Benoît : Et pour fêter ça, je vous invite au resto. D'accord ?

Virginie : D'accord.

Caroline : On y va.

Benoît : Et Daniel ? On allait l'oublier.

Caroline : Laisse-le. Il a eu son compte d'émotions. Si ça se peut, il s'est même déjà endormi.

Tous trois enfilent leurs manteaux et sortent. Entrée de Daniel en peignoir.

Daniel : Bon alors, vous venez oui ou merde ? Ho ben où ils sont passés ? Bon, ben, si je comprends bien, je me la mets derrière l'oreille et je la fumerai plus tard ! *(Il prend le téléphone)* Allô, Joyce, ma puce ! Oui, je sais, mais je te l'ai déjà dit, je trouve ça plus exotique que Monique ! T'es à la charcuterie, là ? OK ! Bon, on pourra se voir ce soir, si tu veux. Oui, ça y est, j'ai résolu le problème de mon copain. *(À ce moment, Caroline revient chercher son sac à main oublié. Daniel ne la voit pas. Elle fait signe à Virginie et Benoît de la rejoindre en silence. Tous trois, moqueurs, observent Daniel)* Non tu penses, trois fois rien ! Y en a, ils se noieraient dans un verre d'eau. Mais qu'est-ce que tu veux, j'suis comme ça, moi, en amitié comme en amour, je suis fidèle ! On peut toujours compter sur moi !

Caroline, Virginie et Benoît : *(Ensemble)* Daniel !

NOIR